UM LADRÃO ENTRE AS ÁRVORES

BASEADO NA SÉRIE *UMA CHAMA ENTRE AS CINZAS*, DE

SABAA TAHIR

UM LADR
AS ÁR

ÃO ENTRE
VORES

HISTÓRIA
SABAA TAHIR

ROTEIRO
NICOLE ANDELFINGER

ARTE E CAPA
SONIA LIAO

TRADUÇÃO
JORGE RITTER

CORES
KIERAN QUIGLEY

LETTERING
MIKE FIORENTINO

1ª edição
Rio de Janeiro-RJ / São Paulo-SP, 2022

VERUS
EDITORA

CIP-BRASIL. CATALOGAÇÃO NA PUBLICAÇÃO
SINDICATO NACIONAL DOS EDITORES DE LIVROS, RJ

T136L
Tahir, Sabaa
Um ladrão entre as árvores / Sabaa Tahir ; roteiro Nicole Andelfinger ; arte e capa Sonia Liao ; cores Kieran Quigley ; lettering Mike Fiorentino ; [tradução Jorge Ritter]. - 1. ed. - Rio de Janeiro : Verus, 2022.

Tradução de: A thief among the trees
"Baseado na série: Uma chama entre cinzas"
ISBN 978-65-5924-116-3

1. Ficção americana. 2. Histórias em quadrinhos. I. Andelfinger, Nicole. II. Liao, Sonia. III. Quigley, Kieran. IV. Fiorentino, Mike. V. Ritter, Jorge. VI. Título.

CDD: 741.5
22-79166 CDU: 741.5

Meri Gleice Rodrigues de Souza - Bibliotecária - CRB-7/6439

COPIDESQUE
ANA PAULA GOMES

ADAPTAÇÃO DE CAPA E MIOLO
RENATA VIDAL

Título original
A Thief among the Trees

ISBN
978-65-5924-116-3

Verus Editora Ltda.
Rua Argentina, 171, São Cristóvão,
Rio de Janeiro/RJ, 20921-380
www.veruseditora.com.br

Revisado conforme o novo acordo ortográfico.

Estamos a uns oito quilômetros da costa. Todos vivos aí atrás?

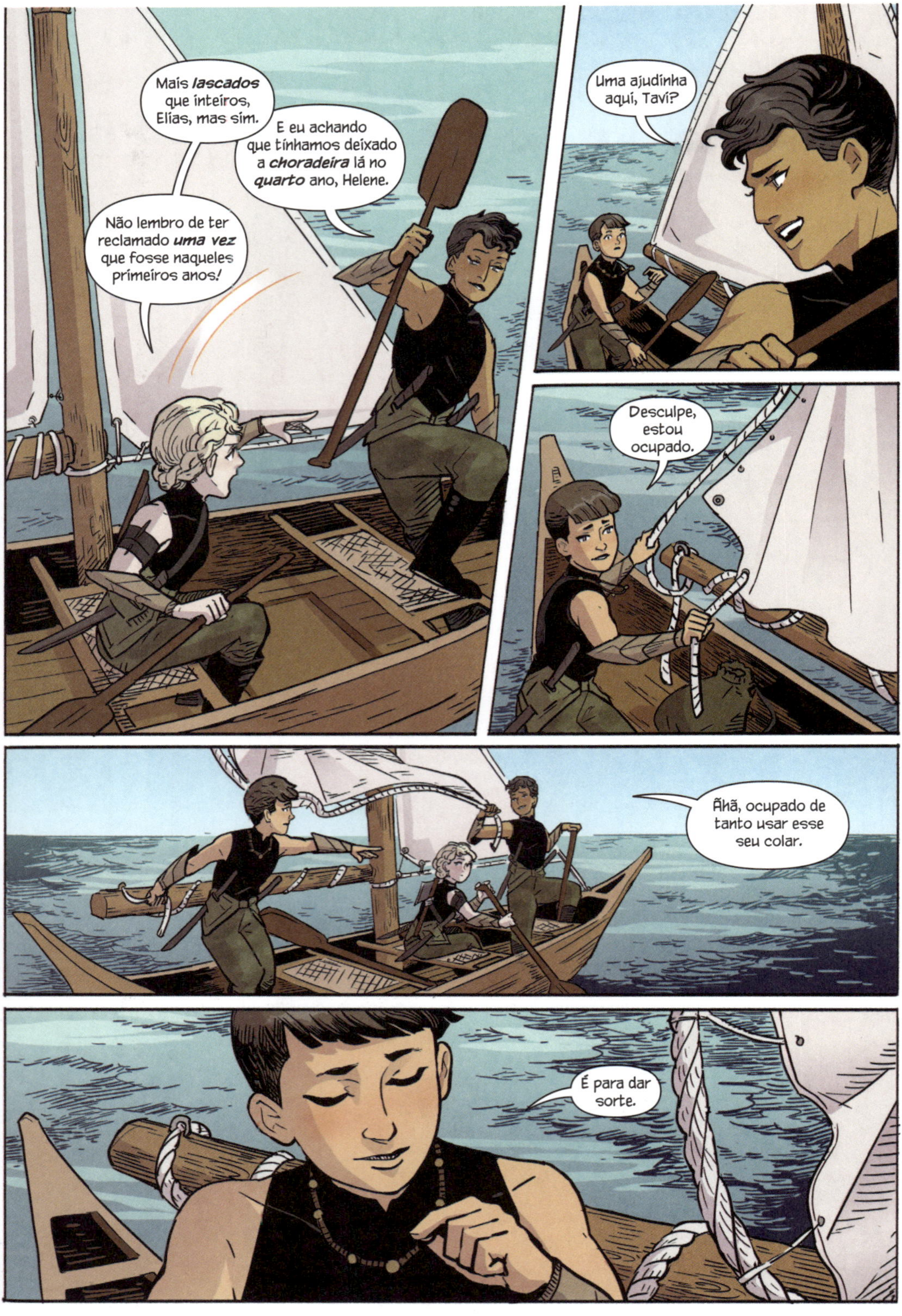
Mais *lascados* que inteiros, Elias, mas sim.
E eu achando que tínhamos deixado a *choradeira* lá no *quarto* ano, Helene.
Não lembro de ter reclamado *uma vez* que fosse naqueles primeiros anos!
Uma ajudinha aqui, Tavi?
Desculpe, estou ocupado.
Ãhã, ocupado de tanto usar esse seu colar.
É para dar sorte.

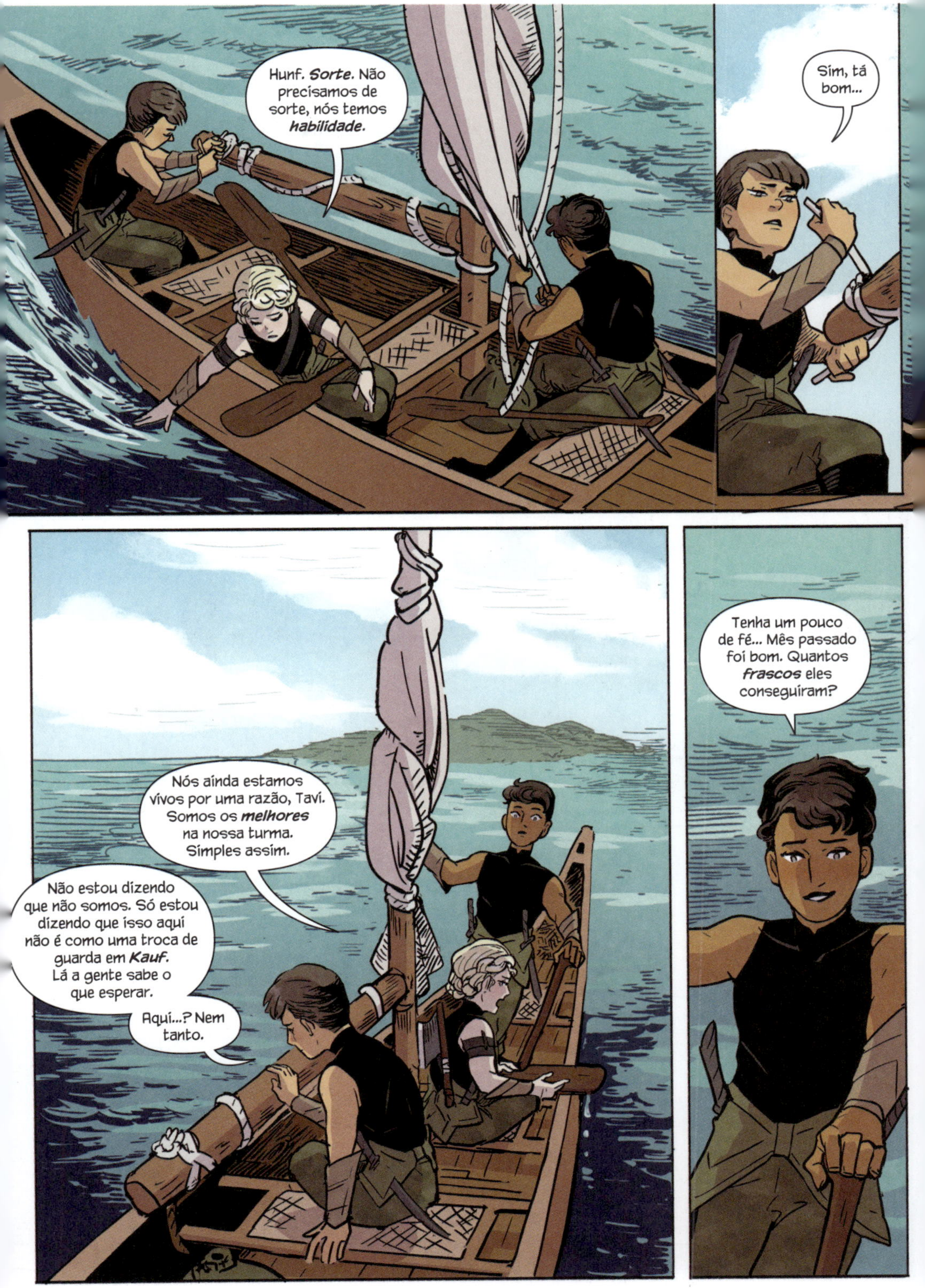
Hunf. Sorte. Não precisamos de sorte, nós temos habilidade.
Sim, tá bom...
Nós ainda estamos vivos por uma razão, Tavi. Somos os melhores na nossa turma. Simples assim.
Não estou dizendo que não somos. Só estou dizendo que isso aqui não é como uma troca de guarda em Kauf. Lá a gente sabe o que esperar.
Aqui...? Nem tanto.
Tenha um pouco de fé... Mês passado foi bom. Quantos frascos eles conseguiram?

Vinte e cinco... de mais de sessenta esperados. Metade daquela turma recebeu uma missão em *Lacertium* também.
Papillius conseguiu voltar.
Mas ninguém achou que ele conseguiria...
Você não volta se não for *forte*.
Ele pode ter conseguido voltar, mas não retornará a Blackcliff. Você não pode ser um *Máscara* e defender o Império se suas mãos estiverem ferradas demais para segurar uma *cimitarra* direito. Ele não duraria mais nem um semestre desse jeito...
Bom, ele teve uma chance e não passou. Ele tem sorte de estar vivo.
Estamos quase na praia. Lembrem-se...

O veneno é colhido da pele das salamandras encontradas *apenas* na parte norte da ilha.
Nós sabemos que eles vigiam a costa, mas Helene insiste que é mais rápido nos infiltrar por ali do que pela caminhada de cento e cinquenta quilômetros a partir de Lacertium.
N
NE
L
SE
S
SO
O
NO
Lacertium
Nós estávamos todos lá no discurso da comandante, lembram? Se nos deslocarmos *rápido* e usarmos o que trouxemos, podemos *entrar* e *sair* em uma noite.
O norte é o caminho. Confiem em mim.
A maré alta só vai durar mais uma hora. Precisamos nos aproximar agora, senão vamos ter que nadar até a costa quando a noite cair.

Não acredito que a gente possa ter tanta sorte.
Por que essa cara?
É só que... vocês sabem que eles ganham recompensas se nos matarem, certo? Os guardas marciais.
Condecorações. Uma para cada flecha que enfiarem na nossa pele.
É assim que eles separam os guerreiros dos fracos. Esqueça isso.
Precisamos ir. ***AGORA.***

RRAAAAAA!
Separem-se!
Estou contando seis Marciais!
Nós podemos despistá-los na mata!

POC
Novos cincos. Que delícia. Estava com vontade de CARNE FRESCA.
UAAAM
CLANG

Taví, abaixa!
Recuar!
Muito interessante...

Voltar para o barco!
NÃO é uma opção...
... vamos precisar de outro.
Era para esta praia estar deserta!
Pelo visto nossa má sorte não será em vão...

Olhem!
Zak e Marcus, aquelas *ratazanas!* Eu já devia saber que eles não agiriam diferente aqui.
Malditos céus, eu ***DISSE*** que devíamos ter vindo pelo leste!

Precisamos sair do alcance deles.
Vai levar horas, nós podemos ACABAR com eles se...
Só temos uma opção. Se nadarmos para longe, talvez possamos voltar pelo leste.
Não podemos acabar com eles sem nos ferir SERIAMENTE. Nós vamos nadar. Fim de papo.
Maldito Elias!
Vamos...

Por dez infernos!
Céus...
Elias!
Não!
Peguei você!
Elias!

O campo de batalha é o meu templo...
A ponta da espada é o meu sacerdote...
A dança da morte é a minha reza...
O golpe fatal...

Costa Oeste

COF COF
Hel? Tavi?

Dez malditos infernos...
Elías Veturius, você já encarou coisa pior. Agora, vamos lá!
Preciso encontrar o norte...

O campo de batalha é o meu templo...
A ponta da espada...
CRANCH

CREC
ufa

Antigo... praticamente pó...
O qu...

Humm...

Cuidado com isso!
Quase prontos...

É, quero ver você resistir agora.
Já alimentamos os cães hoje?
AHHHHHHHHH!

Esta caixa será uma das últimas se as suas armadilhas não vierem mais cheias.
Você acha que não *sabemos* disso? Faz semanas que não vemos nenhum lagarto...
Você faz o *seu* trabalho e nós fazemos o *nosso.*

UHHH!
Ministrem o veneno.

NNNNNNNGHHHH!
Interessante. Temos o suficiente para mais alguns testes.
Vamos tentar *uma dracma* da próxima vez e ver se os resultados são parecidos...
Comam tudo!

Aposto *cinco marcos* que o próximo vai durar mais de dez minutos.
Feito. Vamos pegar mais um. Não acho que *aquele* lá vá durar muito mais...

CREC!
Pare!
VUMP
PARE!

Por que você não *respondeu*? Estou há quase *um quilômetro* te seguindo!
Qual o problema com você?
Achei que você fosse um *deles*.
Eles quem?

Elias, graças aos céus! Pensei que não íamos conseguir te alcançar.
Você *realmente* achou que tinha um guarda marcial aqui que conseguiria aguentar esse ritmo?
Talvez eu soubesse que eram vocês e estivesse ainda *mais* assustado.
Aqui...
Você está bem?
Estou ótimo. Precisamos encontrar um lugar para acampar antes de anoitecer...

Parece seguro aqui. No mínimo vai dar para descansarmos.
Ahh...
Elías?
Hã?
Tem certeza que não foi atingido por um daqueles dardos?

Eu estaria morto se isso tivesse acontecido.
Vamos dormir um pouco. Vamos precisar de ***todas as nossas forças*** amanhã.

Ei.
E aí, o que aconteceu com você? Achamos que você tinha...

Eu achei...
Enfim, nós simplesmente seguimos na direção leste. Você estava certo. Pelo leste teria sido a melhor abordagem.
Olha, se você...
Se você acha que não vai ser *efetivo* amanhã, nós devíamos mudar os planos...
Não.

Eu vou ficar bem. Só... não quero falar sobre isso, Hel.
Elias, nós passamos por muitas coisas juntos, mas poucas te abalaram assim.
Eu me PREOCUPO com você.
Acho que estamos todos cansados. Talvez seja bom nos concentrar em dormir um pouco para podermos terminar esta missão amanhã.

Tudo bem.
Eu assumo a primeira vigília.

Subindo aqui.
Como é mesmo que você sabe disso?
Rallius. Um soldado mais velho que tem um fraco por novatos. Deve ter um posto avançado com provisões passando este morro...
Perfeito.
Vou conferir o que tem lá. Sinalizem se ouvirem algo.

Você viu algo por lá...
... na mata.
Não importa, Taví. Vamos só nos *concentrar* no que precisamos fazer e cair fora daqui.
A *missão*, Taví.
Elías...
O que quer que esteja te incomodando, você não *precisa* me contar. Não precisa contar a *ninguém*. Mas guardar as coisas dentro de você desse jeito *vai* te machucar. Já temos a nossa cota de dor que somos obrigados a suportar...
A Hel e eu somos seus amigos, Elías. Deixe a gente *ajudar*.

A Hel... Não acho que ela ia entender. O Império...
O Império fez... muitas coisas. Olhe o que fez conosco...
Você pode *confiar* em mim.
Eles estão... estão testando o veneno em *Eruditos*.
CRIANÇAS eruditas, da nossa idade, até mais novas. Só para ver com que rapidez ele funciona. É...
Perverso.
...
Ainda bem que eu não sou o único que acha isso errado.
Eu sei o que o Império nos diz, mas o meu *coração* pensa diferente.
Os Eruditos são *pessoas*, e é difícil lembrar disso às vezes, quando o Império acredita no oposto.
Nós passamos tanto tempo aprendendo a eliminar ameaças, o que fazer quando...
E se fizéssemos algo a respeito?

Como assim?
Em relação aos Eruditos. A gente podia ajudar...
Não podemos nos concentrar neles, Tavi.
Só temos cinco dias para pegar o veneno e cair fora daqui, ou seremos açoitados até a morte... e temos que atacar logo. Eu ouvi os homens conversando. A fonte deles está acabando.
Nós podíamos pegar o veneno e destruir o lugar... ou derrubar a destilaria. Podíamos roubar um barco e levar todos eles de volta conosco...
Haveria dez flechas cravadas no nosso couro antes que conseguíssemos chegar ao porto.
Podíamos pelo menos acabar com os depósitos de veneno.
Nós fomos treinados desde os seis anos para enfrentar situações impossíveis! Se não aprendemos a correr riscos a essa altura, jamais aprenderemos.
É um risco desnecessário.
Os Marciais simplesmente produziriam mais veneno.

Na verdade...
Você mesmo disse que a fonte deles secou. E se o veneno estiver totalmente no fim?
O que você quer dizer?
Olha, o meu pai... Ele é boticário em Montium, perto de Navium...
"E o tempo todo ele precisa comprar ervas, óleos, remédios e soros. Quando começa a ficar com *pouco* de determinada substância e sabe que um novo carregamento ainda vai demorar..."
"... ele começa a misturá-la com outras coisas. A *diluir*, para fazer com que dure mais."
Aposto que o veneno está acabando e eles estão tentando encontrar um jeito de diluir ou misturar com alguma coisa para fazer *durar*. Eles não têm muito veneno mais. Nós *podemos* conseguir!

Taví, eu também fui criado bem longe do Império. Até os Marciais me levarem, eu vivia com a tribo Saif... e eu era *feliz.*
A tribo estava sempre junta. O que acontecia com um, acontecia com todos nós...
Mas o que aconteceu *comigo*... Eles não conseguiram impedir. E nós não podemos impedir *isso.* Esquece.
Nós não achávamos que íamos conseguir enganar os soldados no Poleiro do Pirata com aqueles disfarces, mas *conseguimos*, e as informações que passamos adiante *salvaram vidas* na frente de batalha das fronteiras.
Elias...
Eu já disse umas cem vezes. Não preciso que nenhum de vocês *me siga*. Inferno, eu consigo me proteger.
Nós não seguimos você...

Parece que encontramos uma solução, garotos...
Será que eu devo perguntar ***para que*** supostamente somos a solução, Dex?
Nós precisamos de mais corpos. Sabe como é a missão... Não queremos ser aqueles que não vão cumpri-la.
Você dois vão ser a nossa ***distração***... E, se não concordarem, mataremos vocês agora mesmo.
E se não cooperarmos?
Então mataremos ***Elias***.
Demetrius, seu...
Vamos seguir em frente...

"Vamos precisar montar acampamento quando anoitecer."
Faris, sem essa. Não precisa disso.
Desculpe, Elias.
Você pegou uma zarabatana deles?
Sim! Pelo visto as lições de como afanar coisas furtivamente com aquele centurião em Blackcliff serviram de alguma coisa.

Você notou algo de diferente nos soldados por aqui?
Tipo o quê?
Não sei, eles parecem... ***estranhos.*** Agem de um jeito esquisito, como se tivessem perdido um pouco de si.
Ouvi dizer que os homens alocados aqui raramente voltam para o continente. Os que voltam nunca mais se adaptam direito.
Você acha que tem a ver com o isolamento em que eles vivem, com apenas um regimento aqui?
Acho que tem a ver com o líder deles...

Você quer dizer *Titus Sisellius*?
Sim, ele.
Ouvi falar que ele caça cincos por esporte.
Eu não ficaria surpreso. Ele não parece um cara com muitos outros hobbies.
Parece que ele não ficou nada satisfeito com a indicação para este posto, e a cada ano que passa fica mais amargo.
Ouvi dizer que tem só um regimento aqui *por causa* de Titus. Parece que o moral dos soldados dele é um dos *mais baixos* do Império. Mais baixo ainda que o dos *guardas na Prisão Kauf*.
Mas o veneno favorito do Império só pode ser produzido aqui, por isso...
Por isso Titus *ainda* está nesta ilha, e Blackcliff continua testando os descartáveis... *nós*.

Ouvi dizer que a razão de Titus ter sido enviado para cá foi que ele era um dissidente. Que ele *questionou* o alto comando Marcial.
Ele nem estaria aqui se tivesse desafiado o Império desse jeito.
Acho que ele está aqui porque ousou sacar uma arma para outro Marcial. O sobrenome dele é respeitado. Você não quer alienar a família, mas não pode mantê-lo por perto...
Então por que continuar a empregá-lo?
É melhor ter cuidado, Octavius. Você sabe que o Império tem suas razões...
O quê?!
Ele é o *inimigo*. Ele tem a mesma chance de nos matar quanto nós a ele!
Ele não faria isso.

Eles podem ter nos acompanhado em Ayo quando fomos atrás daquele espião navegante, mas não podemos contar com a mesma boa vontade para nos salvar aqui.
Mas eles são nossos amigos, Hel.
São mesmo? Do meu ponto de vista, eles são nossos concorrentes.

Shhh!
Alguém chamou o resgate?
CORTA
Muito bem, Taví, você cuida do Demetrius. Eu pego o Farís. Elias, você...

Hel, não. *Não* vamos matá-los.
Eles estão dormindo, não vão sentir nada. E, se não fizermos isso agora, eles só vão atrapalhar nossos planos!
Eles são nossos colegas, Helene...
Olha, eles não *merecem* morrer. Na realidade, nenhum de nós escolheu esta missão.
Eles só querem acabar com isso, assim como a gente. Sabe...
"... o irmão do Demetrius acabou de entrar em Blackcliff. Ele quer vê-lo de novo."
"E o Dex e o Faris estavam comigo quando me mandaram espionar Antium pela primeira vez. Eles não são pessoas más."

É assim que as coisas funcionam, Elias. Somos nós ou eles.
Não precisa ser desse jeito.
Nós somos colocados uns contra os outros o tempo todo, e para quê? Devíamos trabalhar *juntos!*
Não seja ridículo, Elias, não é assim que funciona! *Precisa* ser desse jeito!
Ele está certo, Helene. Podemos fazer isso sem matar nenhum dos nossos.
Não precisa, Hel.
Além disso... eu tenho um plano.
Tudo bem! Mas é melhor o seu plano funcionar, Elias!

Se você vai nos matar, que seja rápido, Elias.
Na verdade eu tenho uma proposta para vocês...

Precisamos garantir que estejam todos alinhados. Não temos espaço para erros.
Vamos fazer a *nossa* parte, Helene. Apenas tenha certeza de que todos farão a sua.
Você está questionando a minha capacidade?
A sua, não...

É um bom plano, mas e os Eruditos? O acampamento deles não é longe de onde estamos indo...
Não podemos fazer nada a respeito deles.
Eles podem se esconder na mata até...
Até o quê, Taví? Até os Marciais os capturarem de novo? Não. Eu não vou pedir para ninguém arriscar a própria *vida* só para adiar o inevitável.
São *crianças*, Elias. Como nós. Lembra? Você mesmo disse isso.
A minha prioridade somos nós. *Nós* é que importamos neste momento.
Então você vai simplesmente abandoná-los?

Eu não vou repetir o que já disse.
Dex, Faris, Demetrius... eles ouvem **você**. Mesmo a Helene leva em consideração o que você diz. Se você pedisse a eles para conseguir um segundo barco, eles conseguiriam.
Eu **não** posso pedir isso.
Poucas horas atrás, nós estávamos quase derramando sangue, e agora estamos trabalhando juntos. Quando você fala, Elias, as pessoas **ouvem**. Elas sempre ouviram. Se você pedisse...
Você tem o poder de nos unir. Vale a pena usar esse poder para salvar almas.
Seja **corajoso**, Elias.

Coragem não é o mesmo que *idiotice*.
Se quer ajudá-los, faça isso você mesmo.
Eu esperava mais de você.
Todos prontos para seguir em frente?
Quase. Está tudo bem? O que aconteceu entre vocês?
Partimos em cinco minutos.
Elias...
Deixa pra lá, Hel.
Mas...

Extremo Sul
Eu odeio isso.
Shhh...
E, se eu odeio isso, o meu irmão vai querer morrer. Ele *abomina* aranhas.
O seu irmão acabou de terminar o primeiro ano, não é?
Sim, mas por pouco. Céus, olhe para mim...
Eu mal tenho conseguido completar as missões. Se *eu* não conseguir ir até o fim, o que vai acontecer quando chegar a vez do meu irmão? Ele quase não aguentou o *primeiro* ano...

E se eu escrever tudo que aconteceu depois que terminarmos esta missão? Para deixar um registro. Algo que o seu irmão possa usar como referência.
Não vai adiantar.
Mas...
Não vai adiantar.
Eles querem a nossa morte assim que entramos por aqueles portões. E se sobrevivermos? Eles continuam nos mandando em missões como esta até sermos mortos.
De qualquer forma, pisamos no nosso túmulo quando entramos em Blackcliff.
EI! PAREM!
PAREM AGORA MESMO!
Essa é a nossa deixa.

Onde está Sisellius? Ele deveria estar aqui!
Não sei! Só siga em frente!
Vamos lá, Elias...

O que foi...?
DZZT
DZZT

Não... Era para estar aqui...
DZZT
DZZT
Esperem...
DZZT
Previsível.

arf
Que bom que você pôde se juntar a nós.
Sisellius... onde estão...
Seus amigos estão bem.

É claro, estão bem por enquanto. Eu poderia ter matado todos vocês enquanto dormiam.
E por que não fez isso?
Eu gostaria de oferecer a alguns de vocês a chance de deixar esta ilha *vivos.*
Certo. A que preço?
Você não acha que eu deixaria vocês irem embora pela pura bondade do meu coração?

É só um *pequeno* pedido. Considere um *favor*, se assim preferir.
Eu quero que você mate um dos seus amigos.

Não.
Não? E se eu der uma *incrementada* na proposta?
Um dos seus amigos morto em troca de dois frascos e um barco para ir embora da ilha.
Negócio fechado?
Não.
Eu estava *desejando* que você dissesse isso...

E quanto a vocês, garotos?
Eu lhe dou a faca e você golpeia Elias no coração. Antes que você se dê conta, terá o veneno e estará no barco, caindo fora daqui.
Não estou interessado.
Você?
... n-não.

Essa turminha de Blackcliff... São todos iguais. *Não valem nada*. Os Eruditos são mais úteis que vocês.
Vocês poderiam morrer, os três, e os seus amiguinhos lá fora... Cada um que vier para esta ilha...
Nós podemos matar todos vocês com um *ESTALAR* de dedos. O Império simplesmente iria atrás do próximo candidato.
Seria uma pena também. Há *outras* maneiras de endurecer um soldado.
Mas talvez elas não sejam tão eficientes. Então acho que só resta o velho jeito de sempre.

Olhe esse aqui. A ilha está acabando com você.
Se vocês não conseguem lidar com isso agora, esperem só quando se formarem.
Esperem até ver o que vocês vão precisar fazer...

Sabem quantos de vocês vêm para cá e *desmoronam*? Chegam aqui fracos, esperando se fortalecer...
... e em vez disso descobrem que estão **PATETICAMENTE** despreparados para o que é a vida.
O que o *Império* vai obrigar vocês a fazerem em nome dele.
O que vocês vão se tornar apenas para cumprir o seu propósito.
Aquela escola de vocês não vai transformá-los em nada que vocês *já* não sejam.

Então, o que vai ser?
P-Por favor, chega...
É *ISSO* que eles estão deixando entrar em Blackcliff agora? Como foi que você sobreviveu ao primeiro ano, *garoto*?
Você jamais teria durado em Blackcliff na minha época...

Pronto para ir para casa?
S-Sim... por favor... só pa-pare...

Estamos acertados então...
UUUUF!
CLINC

Elías!
Faris, coloque-os de pé!
Taví!
Cuidad...
NÃO!

hnngh
Seu imbecil! Era o nosso último estoque!
Nós precisávamos daqueles malditos frascos...
Valeu, Elías...
O veneno pegou em vocês?
Acho que não.

Deixe-o.
Ele vai nos *matar* na próxima oportunidade que tiver.
Ele não vai ter outra.
Confie em mim.

Vocês dois me agradeçam mais tarde, depois que estivermos longe daqui.
Pode contar com isso.
Vamos embora!
Mas o veneno...
Nós *precisamos* ir.
O que você fez vai nos custar esta missão, Octavius Fortus!
Eu prometo que não vai custar nada a *vocês*. Só... vamos embora, tudo bem?
Tavi, você está bem?
Estou.
Eu juro.

E agora? Graças ao *Tavi*, não temos nada para levar embora.
Seja mais agradecido, Titus teria matado você.
Dez infernos... Nós vamos fracassar, e vocês sabem o que Blackcliff faz com quem fracassa...
Tem que existir outro estoque!
Pessoal, **CHEGA!**

O veneno foi destruído, não podemos fazer nada quanto a isso. Nós precisamos nos reagrupar e planejar.
Talvez a gente devesse reconsiderar ***quem*** está no grupo, tendo em vista o que aconteceu com a suposta ***última*** parte do estoque.
Na verdade...
Eu ***posso*** ter usado a distração que vocês provocaram para pegar algumas coisinhas.

Taví, isso foi *genial!*
E eu achando que os *meus* truques eram incomparáveis!
Eu falei cedo demais, Fortus. Estou impressionado.
Obrigado por confiar em mim naquela hora.
Eu que agradeço por você ter me impedido...
Nós podemos ter sido *forçados* a essa situação, mas isso não quer dizer que precisamos deixar o Império determinar completamente a nossa vida.
Você está certo.
Eu só gostaria de ter feito mais...
Você *nos* salvou. É isso que mais importa. Agora vem, vamos cair fora daqui.

Venham! Está liberado!
Taví, depressa!
Nos vemos em Navium.
Que o vento lhes seja favorável.
Com sorte, não vamos ficar muito para trás.
Dez malditos infernos...
Ah, não...

Pare, Aquilla, este barco é nosso!
Se você está aqui, Zak, onde está aquela ferida podre que você chama de irmão gêmeo?
Atrás de você...
... e vocês chegaram bem na hora.

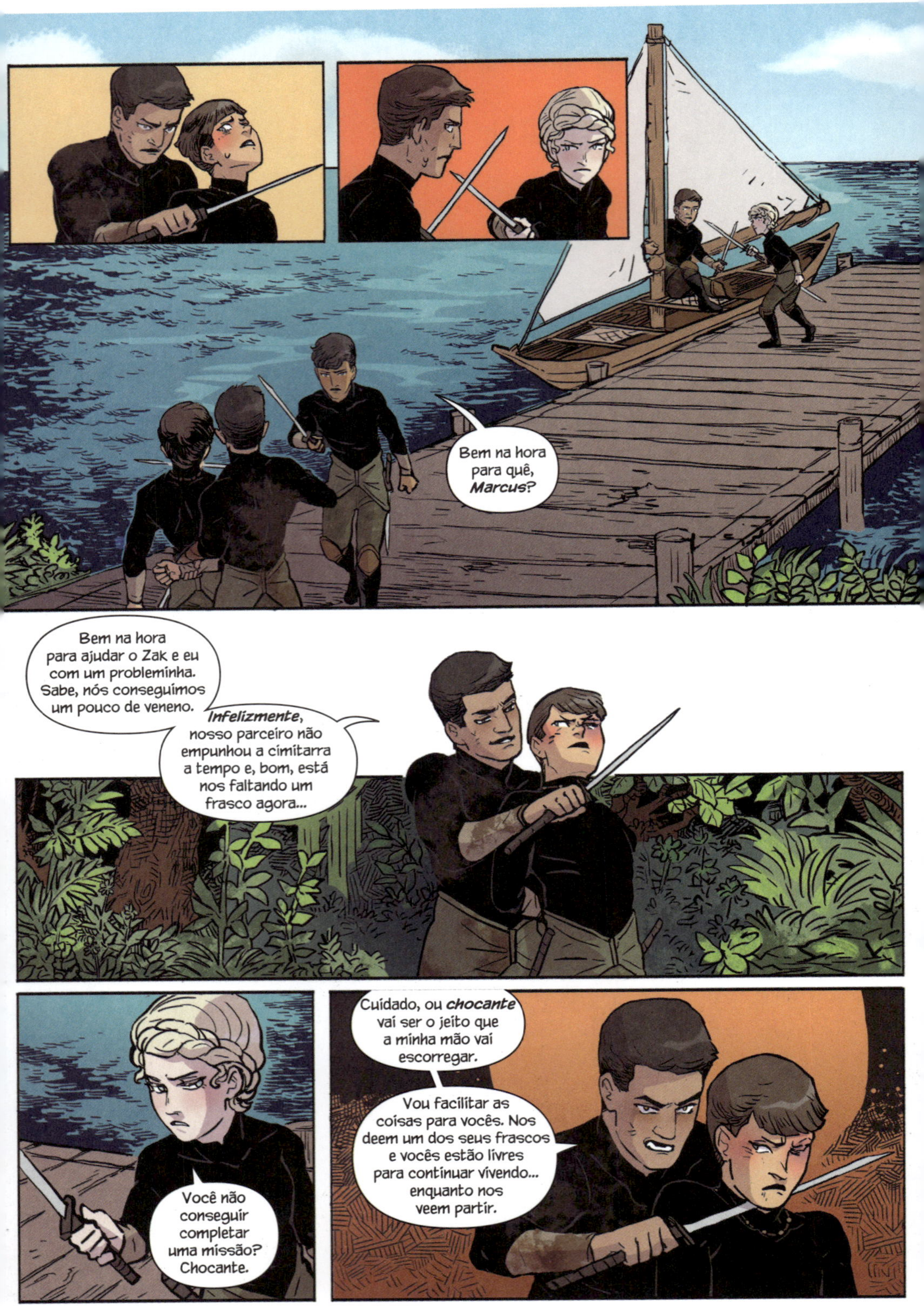
Bem na hora para quê, *Marcus*?
Bem na hora para ajudar o Zak e eu com um probleminha. Sabe, nós conseguimos um pouco de veneno.
Infelizmente, nosso parceiro não empunhou a cimitarra a tempo e, bom, está nos faltando um frasco agora...
Você não conseguir completar uma missão? Chocante.
Cuidado, ou *chocante* vai ser o jeito que a minha mão vai escorregar.
Vou facilitar as coisas para vocês. Nos deem um dos seus frascos e vocês estão livres para continuar vivendo... enquanto nos veem partir.

Solte o Taví, Marcus, ou eu enfio a cimitarra no rosto idiota da sua cara-metade.
VAP
Ah!
Nós estamos com o tempo um pouco apertado aqui, então decidam rápido. *Octavius Fortus* ou um frasco?
Hng!
Tique-taque.
Tudo bem, cretino. Você *venceu.*

NÃO!
unf
Sua sorte é extraordinária, Veturius. Se tivesse *quebrado*, eu teria arrancado suas tripas pela boca e te *estrangulado* com elas.
Você está bem, Tavi?
Sim, sim...
Arghh!

CLANG
unf
ZING

Para trás, garotinha.
Você podia vir com a gente, sabe. Tem espaço para outra...
Zak! Nós *não* vamos levar a Helene!
PFFT

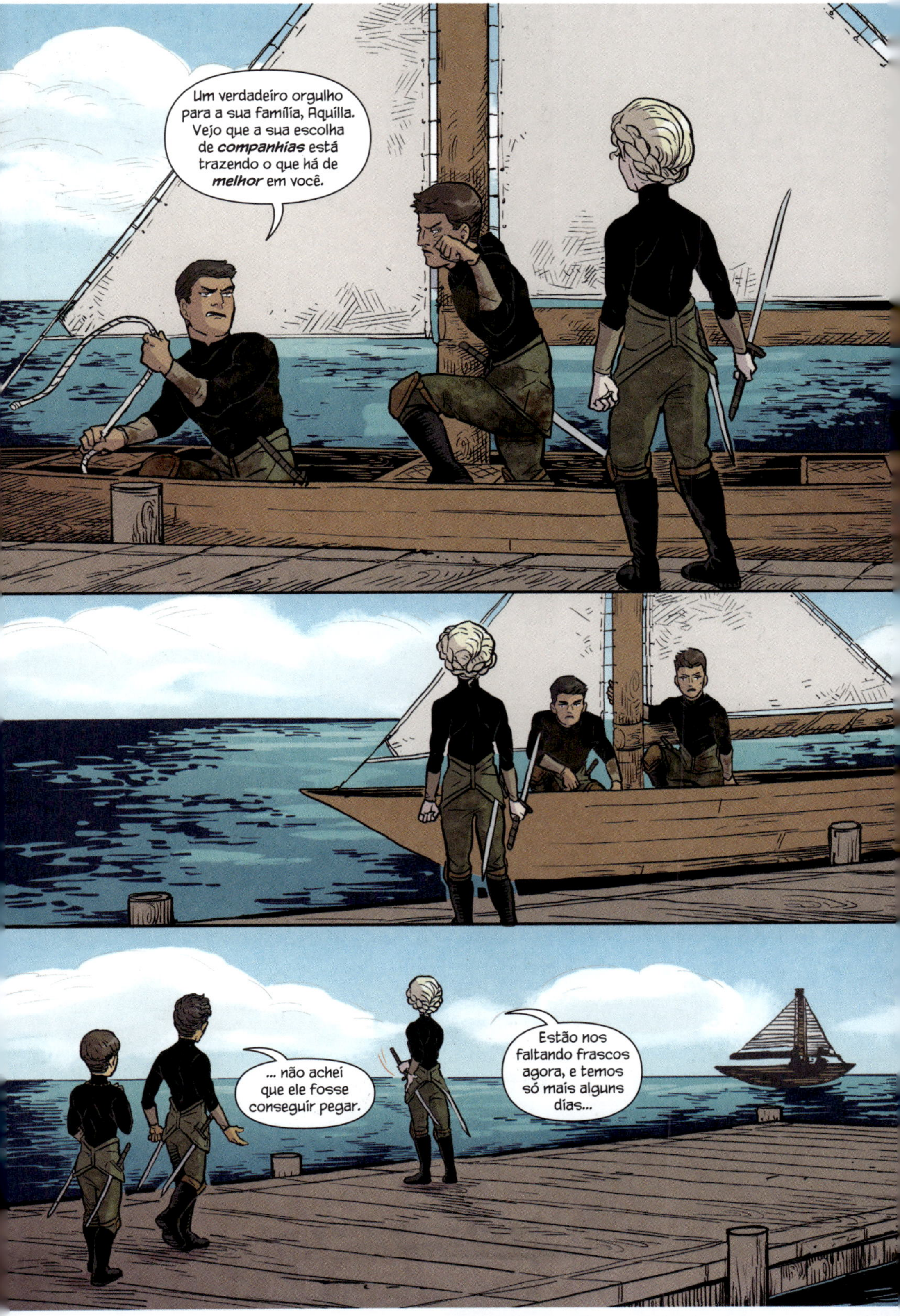
Um verdadeiro orgulho para a sua família, Aquilla. Vejo que a sua escolha de **companhias** está trazendo o que há de **melhor** em você.
... não achei que ele fosse conseguir pegar.
Estão nos faltando frascos agora, e temos só mais alguns dias...

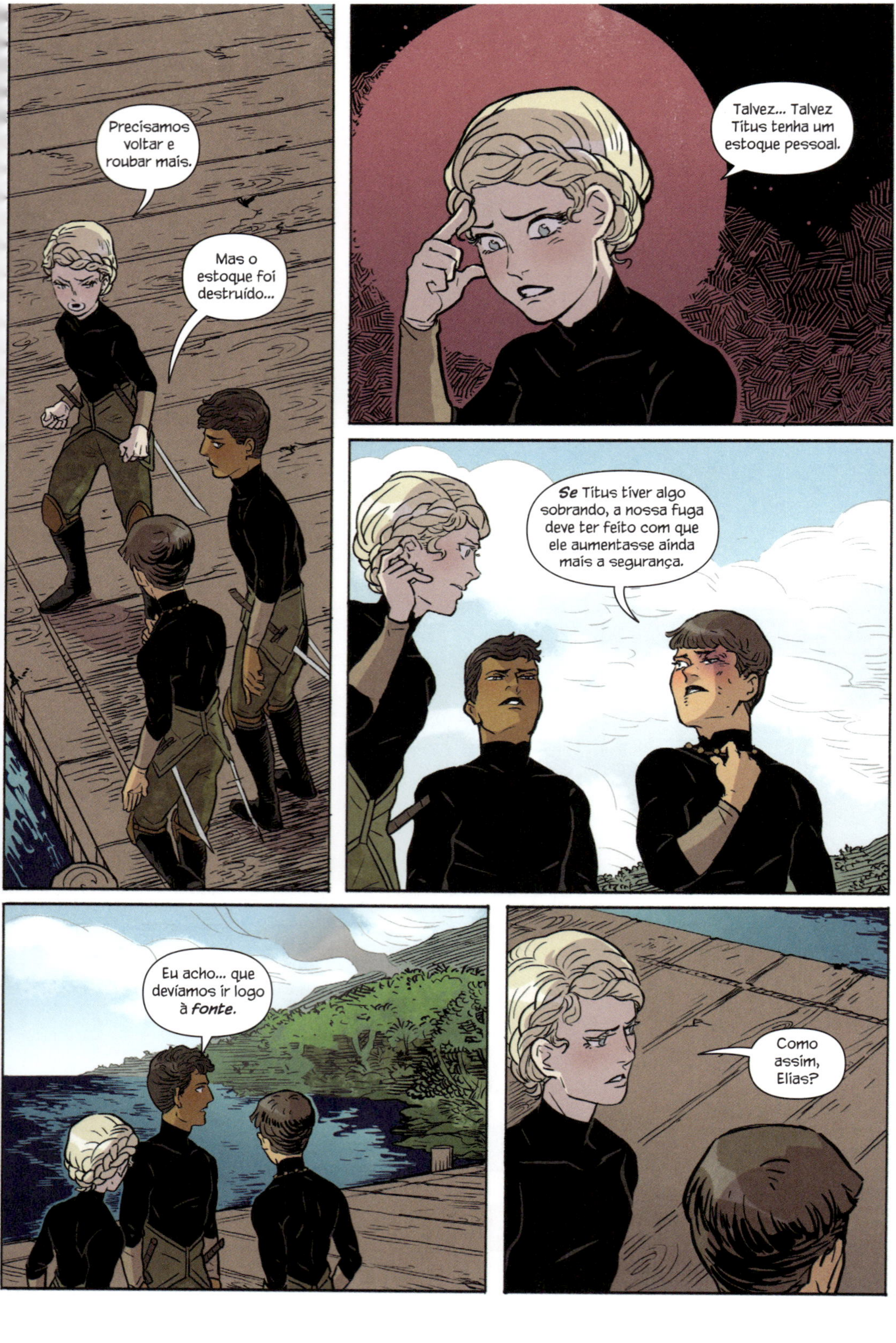

Precisamos voltar e roubar mais.
Mas o estoque foi destruído...
Talvez... Talvez Titus tenha um estoque pessoal.
Se Titus tiver algo sobrando, a nossa fuga deve ter feito com que ele aumentasse ainda mais a segurança.
Eu acho... que devíamos ir logo à *fonte*.
Como assim, Elias?

Eles destilam o veneno no acampamento principal e têm todo o equipamento necessário para extraí-lo *direto* da fonte.
Taví, você passa as licenças em casa todo ano e viu o seu pai fazer isso inúmeras vezes. Você consegue fazer.
Certo?
Talvez...
De jeito *nenhum!* Nós teríamos que enfrentar muito mais do que a guarda pessoal de Titus...
É a nossa ÚNICA opção, Helene. O campamento talvez tenha mais pessoas, mas são na maior parte civis e escravos eruditos.
Nós já passamos despercebidos em multidões *muito* maiores. O que é um punhado de olhos destreinados?
Elias está *certo.* Eu observei o meu pai fazer isso muitas vezes, posso diluir o que precisarmos. Só tem que cozinhar até um certo ponto.
Além disso, teremos o fator surpresa. Titus está esperando que ataquemos o que ele tem, isso se ele ainda tiver algo.
Esse é o jeito *mais rápido.*
Hmf...

"... não façam eu me arrepender."
Contei quatro de guarda em torno dos tanques...
Deve ter mais. Tenho certeza que não ajudamos a diminuir a segurança.

Certo... Se formos na contagem de três...
Helene.
Podemos acabar com eles...
Helene.
Eu vou primeiro...
HELENE!
O quê?!
Olhe.
"Está vendo aqueles homens? Não estão de uniforme."
Trajes de *proteção*. O veneno deve ser ainda mais potente não destilado.
Acho que eu tenho uma ideia...

WUSH
O que foi, Elías?
SNIFF SNIFF SNIFF
Devem ser só os produtos de limpeza.
É, acho que sim...

GRRRR
Senta, vira-lata, ou...

Vamos logo! Não tenho o dia todo...

Se é para terminar isso em *três* dias, nós precisamos de *muita* lenha nesta fogueira. O veneno tem que destilar *pelo menos* de um dia para o outro.
E eu achava que você passasse as licenças com a cara enfiada em um livro...
Eu passei todas elas ajudando o meu pai. Ou *tentando* ajudar.
Eu me atrapalhei várias vezes, mas ele sempre acreditou que eu dominaria o ofício no fim...
Você vai ser um *Máscara* quando tiver terminado. Melhor que ser boticário.
Se você está dizendo...

O que significa *isso*?
Que... às vezes eu me pergunto o que teria acontecido se Blackcliff não tivesse sido *forçada* sobre mim.
É uma *honra* servir ao Império.
Eu sei. Mas às vezes penso que eu tive de abandonar tudo por *isso*...
Eu abandonei o meu pai para *fazer* os venenos que ele tenta *curar*. Eu só queria que ele tivesse orgulho de mim.
Meu pai ficou *ORGULHOSO* quando eu fui escolhida.
Meu pai *CHOROU*.

Precisamos demarcar o perímetro. É provável que o fogo chame atenção.
A mistura precisa passar a noite fervendo e ser mexida sem parar.
Eu assumo a primeira vigília.
Me acorde quando for a minha vez.
Desculpe, Elías, eu preciso ***pensar***.

Ei...
Ah, Elias! Não percebi que já tinha passado tanto tempo...
É. Precisa de um descanso?
Não me leve a mal, mas não tenho certeza se você saberia o que fazer aqui.
Você parece prestes a desabar.
Eu vou ficar bem, Elias. Só preciso terminar isso aqui.

O que vamos fazer a respeito *deles*?
A respeito... dos irmãos Farrar?
Dos *Eruditos*.
O destino parece ter nos mantido aqui na ilha. Talvez...
...
Eu... dei uma espiada por lá mais cedo. Eles deixam os Eruditos saírem duas vezes por dia.
Se alguém conseguisse entrar despercebido nessa hora, poderia *botar fogo* no acampamento.

Seriam necessárias apenas duas, talvez três flechas incendiárias para dar conta do recado.
As tendas são feitas de lona oleada e estão bem próximas umas das outras. Elas pegariam fogo mais rápido que uma pira funerária karkaun.
E essa mata é *fechada*. Os Eruditos poderiam se esconder por semanas até decidirem qual seria o próximo passo.
Você acha que eles seriam capazes de sobreviver aqui?
Seria melhor do que onde eles estão agora.
Quase *qualquer coisa* é melhor do que onde eles estão agora.
Se eles estiverem aqui há metade do tempo que os Marciais, dá para imaginar que seriam capazes de conseguir.
Pelo menos eles teriam uma chance...

Está quase pronto...
Tem o suficiente?
Bem na conta!
ARRROOOOOOOO!
Os cães! Títus sabe que ainda estamos aqui.
ARRROOOOOOOO!
Mas como?! Nós fizemos tudo certo!

As roupas.
Eles podem rastreá-las?
Tenho certeza disso! Precisamos ir. *Agora*. Taví, o veneno?
Está *feito*.
Agora vocês só precisam levá-lo para Blackcliff.

Você quer dizer NÓS. Nós precisamos levá-lo para Blackcliff.
Levante-se, Taví. Temos que ir!
Eu só vou atrasar vocês...
Taví, isso é estupidez.
Você é nosso amigo, e nem em dez infernos te deixaríamos para trás.
AROOOOOOO!

ZING
AROOOOO!
ZAAANG
Eles estão se aproximando!
Só precisamos chegar primeiro à praia!
VUUUSH
Taví, vamos lá!
uff
uff

Taví, nós vamos conseguir...
Vocês vão.
... Mas nós dois sabemos que eu *não*.
Taví...
Está tudo bem.
Tem algo que eu preciso fazer.

Espera...
Você sabe que eu já estou morto, Elías. Pelo menos assim *eles* têm uma chance.
É a minha escolha, Elías. Eu preciso que você *confie* em mim.
O que eu fiz... O que eu *tive* que fazer em Blackcliff...
Desse jeito... *eu* posso decidir como quero que a minha vida termine. Só preciso ter *coragem* e ir em frente.
Tavi...
Conte para o meu pai o que eu fiz.
Tavi? Tavi!
Deixe ele ir, Hel.
Ele é nosso amigo...
Que fez a escolha *dele*. Nós honramos essa escolha seguindo em frente.
E, se não corrermos agora, nós vamos morrer.

CORTA
Vá para o barco! Eu vou em seguida!
ZIING
TUMP!

-nnf-
Arghh!
BASH
CLANG!
Não teve o bom senso de partir, não é, garoto?

Tive **bom senso** suficiente para escapar de você.
Estou vendo apenas **dois** de vocês...
Me diga, onde está o seu amigo frouxo? Será ele a razão para os meus cães terem voltado?
Eles estão **famintos**, sabe, mas duvido que o seu amigo daria uma boa...
UFFF!
TCHUFF
TUNC!

Você devia ter acabado com ele.
Não vale a pena.
AROOOOOOOOOOOO!
AIIIIIIIEEEEEEEEEEEEEEEEEEEEE...

Isso...
Vamos cair fora daqui, Hel.

Conseguimos, Elias.
Conseguimos.
Sim, Hel. Mas
a que custo?
A que
custo...

Eu... Eu achei de verdade que nós... que *ele*...
Nós estávamos em desvantagem.
APERTA
Acho que eu acreditei que seríamos aqueles que *venceriam* todas as desvantagens.
Que fariam o que poucos fizeram.
Eu também...

Elías, o que é aquela fumaça?
Elías?

Guarnição de Navium
BUM
BUM
BUM
BUM
BUM
BUM
Estamos sendo convocados.

Elias?
É... só você?
A Helene conseguiu também.
Algum ressentimento?

Não, nunca. Tivemos sorte de sobreviver àquele maldito lugar.
Falando nisso, você ficou sabendo das notícias?
Que notícias?
A ilha foi *fechada*. Parece que alguém destruiu o principal centro de destilação.
Uns vinte e poucos Eruditos *escaparam* de barco, e Titus Sisellius terá que voltar para cá com seus homens para se explicar.
Eles não vão reconstruir as instalações?

Vai saber. Acho que depende de em quem – ou em quê – Titus vai pôr a culpa.
Perder tanto veneno *E* permitir a fuga de Eruditos? Tenho certeza que ele vai ser designado para um posto em outro lugar.
Mas, ei, não se preocupe...
... nós nunca mais vamos ter que ir para lá.

Helene?
sniff
Helene?
Você ainda não **aprendeu** a não aparecer aqui de surpresa?
Da última vez eu quase arranquei o seu coração...
Vou me considerar um cara de sorte. ***De novo.***
E é mesmo.
Você já recebeu a sua nova missão?
Eu estava indo para lá...

Você ficou sabendo...
Sim. Titus vai responder pelo que fez.
Será?
O que você quer dizer?
Ele *matou* cincos sem hesitar, Helene. Você viu como era o acampamento dele. Como eram os soldados dele.
Tinha alguma coisa... perversa naquilo tudo. Não errada, não estranha. ***PERVERSA***.
E o Império nos mandou lá sabendo...
Elías...
O Império *sabia*. Eles não estão *nem aí* com o que acontece com a gente. Eles não se importam de matar...
CHEGA!

O Taví morreu por *nossa* causa.
O Taví morreu por causa do *Império*...
Não, Elías. Fomos *NÓS*.
O quê?! Malditos céus, Hel, nós não matamos o Taví.
Foi nossa culpa, Elías. Nós devíamos ter protegido o Taví...
E não protegemos. Mesmo sabendo que ele era fraco.

Você está falando como se ele fosse só mais uma baixa. Ele era nosso *amigo*. Ele não era *FRACO!*
No entanto, ele não está aqui...
Hel...
Se a culpa for mesmo nossa... nós devíamos pelo menos levar *isso* de volta.

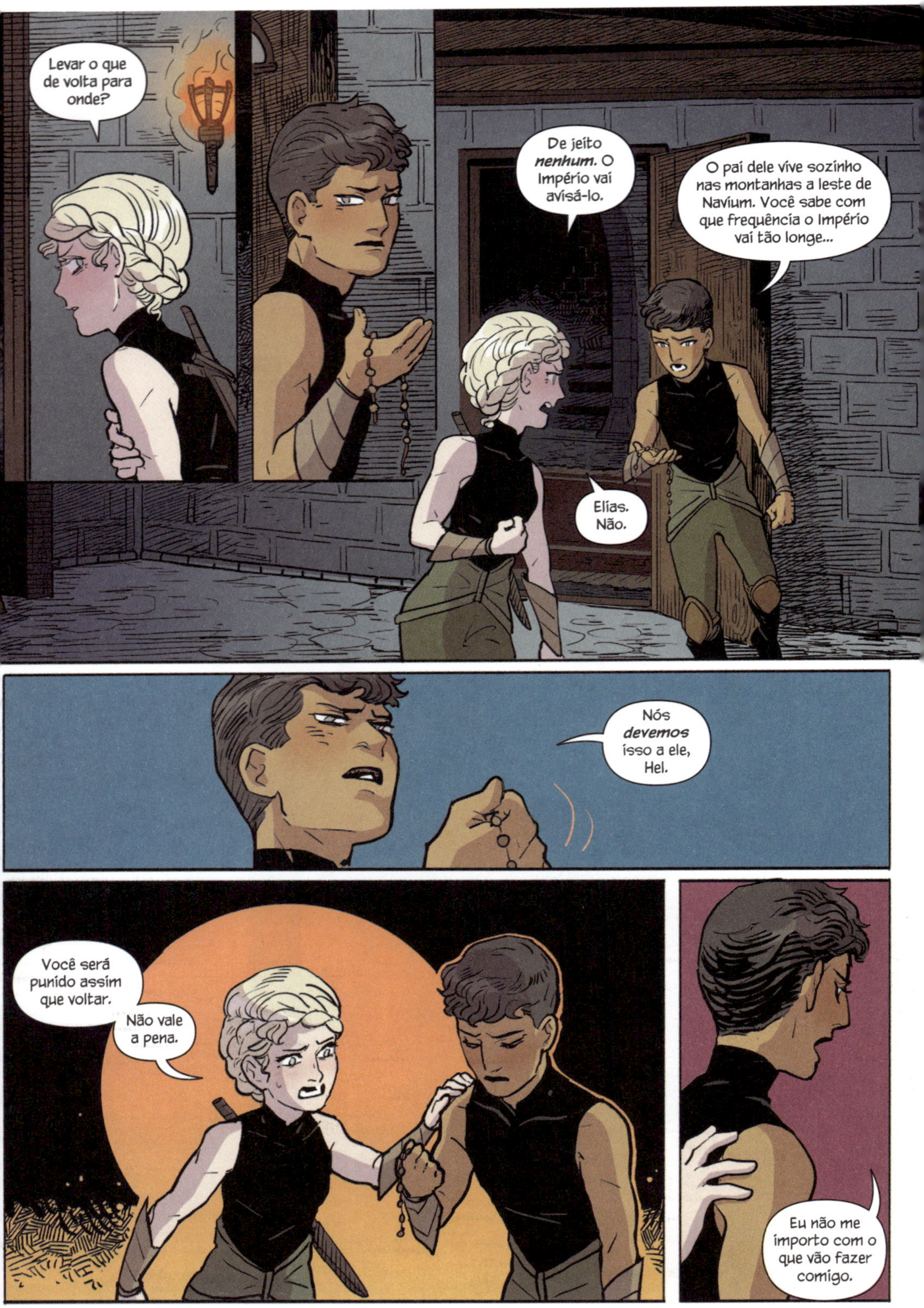
Levar o que de volta para onde?
De jeito *nenhum*. O Império vai avisá-lo.
O pai dele vive sozinho nas montanhas a leste de Navium. Você sabe com que frequência o Império vai tão longe...
Elias. Não.
Nós *devemos* isso a ele, Hel.
Você será punido assim que voltar.
Não vale a pena.
Eu não me importo com o que vão fazer comigo.

Elías, seja sensato. O Império...
Dessa vez eu vou aceitar as consequências.
Você será açoitado, Elías. Pela *comandante*. E não serão poucas chibatadas. Ela vai fazer você sentir o castigo por semanas!
Eu sei.
Isso é *loucura*, Elías.
Loucura ou *coragem*?
Qual o sentido de aprender a ser corajoso se não formos corajosos pelas razões *certas*?

Montium

Olá?
Ah, me desculpe, não ouvi você chegando...
Como posso ajudar?
Eu venho de... hum...
Oh...

Ele passou seus últimos momentos salvando vidas...
E me pediu para devolver isso a você.

Você... Você viajou essa distância toda para me devolver isso?
Você merecia saber o que aconteceu com ele.
Você não é como *os outros*, é?
Tavi também não era. Talvez tenha sido melhor assim...
Apenas lembre-se, meu filho...

... não deixe que eles destruam o seu espírito.
Quando o seu corpo estiver quebrado e o seu coração destroçado. Quando eles o tiverem afiado, moldado e batido até você virar o soldado perfeito...
... o seu *espírito* ainda será a única coisa que eles não podem tocar.
Lembre-se disso. Por mim...
... por *ele*.

Meu espírito é a única coisa que eles não podem tocar...
FIM

SOBRE AS CRIADORAS

Sabaa Tahir é autora da série best-seller *Uma Chama entre as Cinzas*. Ela foi criada no deserto de Mojave, na Califórnia, no motel de sua família. Ali, passava o tempo devorando livros de fantasia, assaltando a pilha de histórias em quadrinhos de seu irmão e tocando guitarra — mal. Ela começou a escrever livros enquanto virava a noite trabalhando como editora de jornal. Gosta de indie rock ruidoso, meias extravagantes e tudo o que é nerd. Esta é a primeira colaboração de Sabaa Tahir em um romance gráfico.

Nicole Andelfinger é autora de histórias em quadrinhos e já escreveu para séries como *O cristal encantado: a era da resistência*, *Hora de aventura*, *Apenas um show*, *Rugrats* e *Steven Universo*, assim como para a série *Munchkin*, baseada no popular jogo de cartas.

Sonia Liao é uma artista de história em quadrinhos estabelecida em Westford, Massachusetts. Após se formar em ilustração pelo Maryland Institute College of Art, ela completou um período de estágio na Fablevision e começou sua carreira como artista freelancer. Já realizou trabalhos para editoras como BOOM! Studios, Sourcebook Fire, Red 5 Comics e Global Tinker.

CONTINUE LENDO SOBRE A JORNADA
DE ELIAS E HELENE EM BLACKCLIFF COM A SÉRIE

UMA CHAMA ENTRE AS CINZAS

"PERFEITO PARA FÃS DA SÉRIE *TRONO DE VIDRO*, DE SARAH J. MAAS."
— *Teen Vogue*

"DESDE *JOGOS VORAZES* UMA SÉRIE JUVENIL NÃO PRENDIA MINHA ATENÇÃO TÃO COMPLETAMENTE."
— John Green

"*UMA CHAMA ENTRE AS CINZAS* É CAPAZ DE LANÇAR SABAA TAHIR NO TERRITÓRIO DE J. K. ROWLING... ESTE LIVRO TEM A MESMA QUALIDADE VICIANTE DE *JOGOS VORAZES*, COMBINADA COM A FANTASIA DE *HARRY POTTER* E A BRUTALIDADE DE *GAME OF THRONES*."
— *Public Radio International*